MÔR AC AWYR

Y BRODYR FAN

ADDASIAD TUDUR DYLAN JONES

RILY

The item should be returned or renewed by the last date stamped below.

Dylid dychwelyd neu adnewyddu'r eitem erbyn y dyddiad olaf sydd wedi'i stampio isod

PILLGWENLLY

To renew visit / Adnewyddwch ar
www.newport.gov.uk/libraries

Roedd Gwern yn byw wrth ymyl y môr,
ac roedd y môr yn byw wrth ei ymyl ef.
"Mae'n ddiwrnod da i hwylio,"
byddai ei daid wedi dweud.

Finn lived by the sea,
and the sea lived by him.
"It's a good day for sailing,"
his grandfather would have said.

Cofiai Gwern lais Taid ...

Finn remembered Grandpa's voice.

... yn dweud straeon wrtho am le pell i ffwrdd, lle mae'r môr yn cwrdd â'r awyr.

Telling him stories about a place far away where ocean meets sky.

Byddai ei daid wedi bod yn naw deg oed heddiw.

His grandfather would have been ninety years old today.

I gofio amdano,
adeiladodd Gwern gwch.

To honour him, Finn built a boat.

Cwch a allai fynd ar daith bell iawn.

A boat fit for a long journey.

Taith a gynlluniodd
y ddau gyda'i gilydd.

One they had
planned together.

Roedd adeiladu cwch yn waith caled.

Boat building was hard work.

Dechreuodd Gwern bendwmpian o dan y dec.

Finn took a short nap belowdecks.

Pan ddeffrodd, teimlodd y cwch yn siglo oddi tano.

When he awoke, he felt the boat rocking gently beneath him.

Roedd y daith wedi cychwyn!

The journey had begun!

"Mae'r môr mawr yn lle digon unig,"
dywedodd Gwern
ymhen ychydig.

"I didn't think the open sea
would feel so lonely,"
Finn said after some time.

Heb yn wybod i Gwern, roedd pysgodyn mawr, euraid yn gwrando.

This caught the attention of a great golden fish.

"Ydych chi'n gwybod ymhle
mae'r môr yn cwrdd â'r awyr?"
gofynnodd Gwern i'r pysgodyn.

"Do you know where
ocean meets sky?"
Finn asked the fish.

"Mae fyny'n uchel, lawr yn isel, ac mor ddwfn â'r môr,"
atebodd y pysgodyn. Crynodd y cwch gyda chryfder ei lais.

"It's high and low, and as deep as the sea," the fish
answered in a voice that made Finn's boat shake.

"Mae'n uchel ac yn isel ac yn bell iawn.
Fe ddangosa i'r ffordd i ti."

"It's up and down and very far.
I can show you the way."

Dilynodd Gwern y pysgodyn euraid
i Ynysoedd y Llyfrau, lle nythai haid o adar.

He followed the golden fish to the Library Islands,
where a hundred bookish birds were roosting.

Yna, fe archwilion nhw
ynys o gregyn anferth ...

Then they explored an
island of giant shells. . . .

A chroesi môr o slefrod
sgleiniog yn dawnsio.
And crossed a sea of
moon jellies dancing.

Ond yna, dyma lygaid Gwern
yn agor mewn rhyfeddod.

But then Finn's eyes
filled with wonder.

Oedd e, o'r diwedd,
wedi cyrraedd man straeon Taid?

Had he finally reached the place
of his grandfather's stories?

Y man hudol hwnnw lle mae'r môr yn cwrdd â'r awyr?

The magical place where ocean meets sky?

Dechreuodd ei gwch
godi o'r dŵr ...

His boat began to lift
from the water . . .

neu ai'r dŵr oedd
wedi cilio oddi tano?

or had the water
fallen away?

Nofiodd y pysgodyn euraid tua'r lleuad.

The golden fish swam toward the moon.

Dilynodd Gwern. Roedd e eisiau dweud hwyl fawr.

Finn followed. He wanted to say good-bye.

Roedd ganddo
gymaint o gwestiynau,
ond clywodd lais
yn galw arno
o'r pellter . . .

He had so many questions,
but he heard a voice calling
to him from far away . . .

"Gwern?"

"Finn?"

"Gwern, dihuna. Mae'n amser cinio," meddai ei fam.

"Finn, wake up. It's time for dinner," said his mother.

"Cawl Taid – dy ffefryn di!"

"I made Grandpa's dumplings."

Edrychodd Gwern dros y môr,
  i'r man hudol hwnnw yn bell i ffwrdd,
  lle mae'r môr yn cwrdd â'r awyr.

Finn looked out across the sea,
  to that magical place far away,
  where ocean meets sky.

Roedd wedi bod yn ddiwrnod da i hwylio.

It had been a good day for sailing.

I'n cyd-deithwyr
Lizzy, Christian a Justin.
Gyda diolch arbennig i
Myteemo a Mr Sky.

Cyhoeddwyd gan Rily Publications Ltd 2018
Rily Publications Ltd Blwch Post 257, Caerffili CF83 9FL
Hawlfraint yr addasiad © Rily Publications Ltd 2018
Addasiad gan Tudur Dylan Jones

ISBN 978-1-84967-057-9

Cyhoeddwyd yn wreiddiol yn Saesneg yn 2018 o dan y teitl *Ocean Meets Sky* gan Simon & Schuster.
Dyluniad gan Lizzy Bromley

Dymuna'r cyhoeddwyr gydnabod cymorth ariannol Cyngor Llyfrau Cymru.

Argraffwyd yn China

RILY

www.rily.co.uk